Psyche

Theodor Storm

copyright © 2023 Culturea éditions
Herausgeber: Culturea (34, Hérault)
Druck: BOD - In de Tarpen 42, Norderstedt (Deutschland)
Website: http://culturea.fr
Kontakt: infos@culturea.fr
ISBN:9791041939336
Veröffentlichungsdatum: FEBRUAR 2023
Layout und Design: https://reedsy.com/
Dieses Buch wurde mit der Schriftart Bauer Bodoni gesetzt.

ER WIRT MIR GEBEN

Es war an einem Vormittage im August und die Sonne schien; aber das Wetter war rauh, der Wind kam hart aus Nordwest, und Wind und Flut trieben ungestüm die schäumenden Wellen in den breiten Meeresarm, der zwischen zweien Deichen von draußen an die Stadt hinanführte. Die Brettergebäude der beiden Badeflöße, welche in einiger Entfernung voneinander am Ufer angekettet lagen, hoben und senkten sich; im Binnenlande würde man wohl von einem Sturm gesprochen haben, und selbst hier an der Küste schien dieselbe Ansicht zu herrschen, denn der sonst so belebte Badeplatz war heute gänzlich leer. Nur dort vor dem Schuppen, der auf dem Vorlande neben dem der Stadt am fernsten Floße lag, stand die knochige Gestalt der alten Badefrau; die langen Bänder ihres großen verschossenen Taffethuts flatterten knitternd in der Luft, den Friesrock hielt sie sich mit beiden Händen fest. Sie hatte nichts zu tun; Badekappen und Handtücher der Damen und Kinder lagen drinnen im Schuppen ruhig in ihren Fächern. ›Ich geh nach Haus‹, sagte sie bei sich selber; ›'s kommt niemand in dem Mordwetter.‹

Sie haschte ihre Hutbänder, die ihr über die Augen flogen, und sah am Deich entlang nach der Stadt hinab. Die Schafe, welche auf dem Vorlande angetüdert waren, hatten, so weit die Stricke reichten, sich gruppenweise mit dem Rücken gegen den Wind gestellt; sonst war nichts zu sehen. Aber doch! Dort auf dem Deiche kamen zwei Männer angegangen und stiegen dem nächsten Badefloße gegenüber, das der Uferbeschaffenheit wegen der Männerwelt hatte überlassen werden müssen, an der Außenseite des Deiches herab; ihre Leintücher, die sie mit sich führten, ließen sie dabei mit erhobener Hand über ihren Köpfen fliegen; ihre jugendlichen Stimmen, ihr helles Lachen konnte nicht zu der Alten dringen, denn der Wind nahm es ihnen vom Munde und verwehte es in der Richtung nach der Stadt zu.

»Hätten auch zu Haus bleiben können«, brummte die Alte, als sie die beiden in eine der Türen des Badefloßes hatte verschwinden sehen; »aber 's kümmert mich nicht; ich geh nach Haus!« Sie holte eine große tombakne Taschenuhr hinter ihrem Gürtel hervor und zählte mit den Fingern die Zahlen auf dem Zifferblatt. »Es könnt nur *eine* kommen bei dem Unwetter, aber ihre Zeit ist schon vorüber; die Flut muß bald eine halbe Stunde stehen, und *die,* die kann schon immer nicht 'nmal das erste Wasser abwarten.«

Schon hatte sie die gegen Norden nach dem Deiche zu befindliche Tür des Schuppens in der Hand, als sie bei einem Blick, den sie noch zur Stadt hinüberwarf, mit beiden Händen an ihren Taffethut fuhr. »Heilige Mutter Maria!« rief sie; »man könnte katholisch werden! Da kommt ein Frauenzimmer, da kommt sie!«

Und wirklich, es war ein Frauenzimmer, das dort auf dem Deiche von der Stadt herkam; es war sogar ein Mädchen, ja es war nur eine Mädchenknospe; und sie kam rasch trotz Wind und Wetter näher. Der flache Strohhut war ihr längst vom Kopfe gerissen, und sie trug ihn am Bande in der Hand; den Knoten des sonnenblonden Haares hatte der Wind gelöst, daß es frei von dem jungen Nacken wehte; immer rascher ging sie, und ihre dunklen Augen spähten in die Ferne. Als sie die knochige Gestalt der Alten, die noch immer vor dem Schuppen stand, erkannt hatte, flog sie an der Seite des Deiches hinunter und dann über das Vorland zu ihr hinüber. »Kathi«, rief sie, »Kathi, ich konnt nicht eher kommen; ich fürchtete schon, du seist nach Haus gegangen!«

»Ja, ja«, murmelte die Alte; »wär ich nur so klug gewesen!«

»Kathi! Nicht brummen!« Und während sie drohend den Finger gegen die Alte erhob, schaute sie ihr fast zärtlich in die Augen.

»Aber, 's geht ja doch nicht, Frölen!« meinte noch einmal die Alte, indem sie dem Mädchen das blonde Haar von der Stirn zurückstrich.

»Aber es geht erst recht, Kathi! Heute gibt's hier weder Wickelkinder noch alte Tanten; ganz allein hab ich heut das Reich, ich und über mir die Vögel in der Luft! Sieh nur da die schöne Silbermöwe! Hurra, Kathi, 's wird 'ne Lust!«

»Ja, ja, Frölen, selbst das Vogelzeug fliegt heut ans Land.«

»Oder vielmehr, sie werden vom Wind dahin geworfen! Aber ich, Kathi; so etwas lasse ich mir nicht gefallen!«

Die Alte sah sie voller Staunen an. »Aber, Kind, so sehen Sie doch nur, daß Floß wippelt ja wie ein Schaukelpferd; der Weg dahin ist fußtief unter Wasser!«

Die junge Dame hob sich auf den Zehen und blickte zum Strand hinab. »Freilich«, sagte sie, lustig nickend, »ich muß mir Schuh' und Strümpfe in deinem Schuppen ausziehen.«

In der Abteilung desselben, welche die beiden jetzt betraten, sah es in diesem Augenblicke wohnlich genug aus. Freilich waren auch drinnen nur die nackten Bretterwände; aber der Tür gegenüber stand eine mit bunten Polstern belegte Ruhebank, an der einen Seite befand sich neben den Fächern für die Badeutensilien ein mit braunen Kaffeekännchen, Dosen und Tassen besetztes Regal, und durch das der Stadt zu gelegene kleine Fenster schien die Mittagssonne und erwärmte und erleuchtete den ganzen Raum.

»Hm«, sagte das Mädchen und nickte lächelnd nach dem Regal hinauf, »die Frau Kammerrätin und die Frau Kriegsrätin und die Frau Baronin, die haben alle die Schlüssel zu ihren Kaffee- und Zuckerdosen in ihren Taschen; schau nur, da baumeln allenthalben die Vorhängeschlösser; da können wir nicht daran, Kathi.«

»Aber Frölen, Sie trinken ja doch keinen Kaffee nach dem Bade, wie die drei alten Damen.«

»Nein, ich nicht, Kathi; aber du, wie bekommst du denn deine Tasse?«

»Ich, Frölen? Ich hab zu Haus meinen Zichorie; dann kriegt der Kater auch sein Teil.«

Die Mädchenknospe aber langte in den Schlitz ihres Kleides und legte gleich darauf zwei zierliche Papierdüten auf den unter dem Tassenregal stehenden Tisch. »Mokka«, sagte sie feierlich, »und feinste Raffinade! Mama hat's mir eigens für dich eingewickelt; sie wußte wohl, daß du für mich allein heut Wache stehen müßtest. Und nun zünd dir die Spritmaschine an und koch dir deinen Kaffee, und deinen Kater laß ich grüßen!«

Sie hatte sich aufs Sofa gesetzt und begann sich Schuhe und Strümpfe auszuziehen. Die alte Frau stand vor ihr und sah sie zärtlich an; aber sie dankte ihr nicht mit Worten, sie sagte nur: »Mama vergißt mich nicht«, und nach einer Weile: »Aber, Frölen, wollte denn Mama Sie gehen lassen?«

»Mich gehen lassen? Mama ist nicht so ein Hasenfuß wie du! Solltst dich schämen, Kathi, so ein langer Kerl, wie du bist!«

»Ja, ja, Frölen, ich streit auch nicht. Ich vergeß es nimmer da ich Kindsmagd bei Ihrem Großvater, beim alten Bürgermeister war –, die Angst, die ich oftmals ausgestanden; die Frau Mama sie wird's mir nicht verübeln war dazumalen grad nicht anders als wie das junge Frölen heute!«

Das junge Frölen hatte die nackten Füßchen zu sich auf die Sofakante gezogen und ließ sie behaglich von dem warmen Sonnenschein beleuchten. »Erzähl's nur noch einmal, Kathi!« sagte sie.

Die Alte hatte sich neben sie auf das Sofa gesetzt. »Ja, ja, Frölen; ich hab's Ihnen schon oft erzählt. Aber ich seh sie noch immer vor mir, die Frau Mama; will sagen, das acht- oder neunjährige Dingelchen. Ebenso schöne gelbe Haare wie das Frölen!«

»Gelbe, Kathi? Dank dir auch vielmals!«

»Sind sie nicht gelb, Frölen? Nun, aber schön sind sie doch?«

»Ja, Kathi! Aber Mama ihre sind noch heut viel schöner, als meine. Nicht wahr? Sie trug sie immer in zwei langen, dicken Zöpfen?«

Die Alte nickte. »Und wie die flogen, wenn sie lief und sprang!«

»Aber, Kathi, ging sie denn niemals ordentlich, so wie ich und andere Menschen?«

»Das Frölen meint, so wie vorhin den Deich herunter?« Und die Alte streichelte mit ihrer harten Hand den Kopf des schönen Mädchens, das lachend zu ihr aufblickte. »Ja, ja, es hat richtig genug nachgeerbt! Aber einmal, eines Morgens, da ging's mit dem Springen noch nicht hoch genug! Auf der sieben Fuß hohen Gartenmauer saß das Dingelchen mit ihrem Lehnstühlchen, mit ihrem Kindertischchen und ihrem ganzen Puppenteeservice darauf. An der Mauer stand ein alter krummer Syringenbaum; daran hatte sie das alles hinaufgearbeitet und sich selber auch; und nun saß sie da, wie in 'ner Laube, mitten zwischen all den Blüten, die just damals aufgebrochen waren.«

Die Mädchenknospe neckte ihre alte Freundin nicht mehr; nicht nur die kleinen Ohren, auch der geöffnete Mund und die dunklen Augen schienen die Geschichte mitzuhören.

»Ich war die Kindsmagd für das jüngere Schwesterchen, für die Frau Tante Elsabe«, fuhr die Alte fort; »ich sollt wohl auch nach der Mama sehen; doch wer konnt allzeit den Wildfang hüten? Und das Stück Mauer war ganz unten in dem großen Garten, wo nicht alle Tage einer hinkam. Aber heute, just da das Spiel am schönsten war, mußten wir nun doch dahin kommen; der Herr Bürgermeister hatte noch seinen geblümten Schlafrock an und die Zipfelmütze auf dem Kopfe. Er war immer ein leutseliger Herr gewesen. ›Komm, Kathi‹, rief er; ›nimm die kleine Elsabe auf den Arm; ich will euch mein Ranunkelbeet da oben an der Mauer zeigen!‹ Aber, was sahen wir, Frölen, was sahen wir!« Das Frölen nickte. »Da saß das feine Dingelchen auf der halsbrechenden Mauer, wie die Prinzeß im Kinderdöntje, und die Blumen hingen um sie herum; sie rührte eben mit einem Löffelchen in der kleinen Tasse, die sie in der Hand hielt, und brachte sie dann an den Mund, als wenn sie wirklich tränke, und nickte ihrer großen Puppe zu, die auch, in einem Korbstühlchen, ihr gegenüber an dem Tische saß. Es schlug mir durch die Glieder; ich hätte bald das Tantchen Elsabe aus meinen Armen fallen lassen, und dem Herrn Bürgermeister stiegen die Haare und die Zipfelmütze in die Höhe; da stand er in seinem schönen Schlafrock und wagte weder A noch B zu sagen. Doch nun war sie uns gewahr geworden: ›O Papa! Papa und Kathi!‹ sagte sie erstaunt und drehte ganz zierlich das Hälschen zu uns hin. Aber Papa winkte nur stumm mit seinen Händen. ›Was soll ich, lieber Papa? Soll ich zu dir hinunterkommen? Gleich, gleich! Aber dann fang, Papa!‹ Und eh wir's uns versahen, warf sie dem Herrn Bürgermeister all ihre Puppentäßchen und Löffelchen zu, und er sagte gar nichts und suchte sie nur, so gut er konnte, einzufangen. Und dann, als das Tischchen leer war, nahm sie ihre Puppe in den Arm, ging wie ein Seiltänzer ein paar Schritte auf der runden Mauer hin, und Herr Jesus! ich und der Herr Bürgermeister und das Tantchen Elsabe schrien alle miteinander auf da flog der kleine Unband mit der großen Puppe selbst herab und mitten in des Herrn Bürgermeisters Ranunkelbeet hinein!«

Die Augen des jungen Mädchens glänzten. »Weißt du, Kathi«, sagte sie, »Mama muß reizend gewesen sein! Hätte ich sie so nur einmal sehen können! Meine Mama ist noch reizend, und jung, Kathi! Ich glaub, sie könnt noch heute von der Mauer springen.«

Die Alte schüttelte den Kopf. »Was das Frölen für Gedanken hat! Aber freilich, dazumalen gab's Tag für Tag was Neues mit dem hübschen Kindchen.«

Sie hatte eben zu weiterem Erzählen die Hände übers Knie gefaltet, als die Tür des Schuppens von einem Windstoß aufgerissen wurde; ein vorbeifliegender Brachvogel stieß seinen weithin hallenden Schrei aus; vom Ufer herauf konnte man das Wasser klatschen hören.

Die leichte Gestalt des Mädchens stand plötzlich hoch aufgerichtet vor der Alten. »Oh, du betrügerische Kathi!« rief sie und hob drohend ihre kleine Faust; »nun merk ich's erst, du wolltest mich hier fest-erzählen, bis deine große Tombakuhr auf eins marschierte und ich dann zu Mama nach Hause müßte! Aber diesmal Kathi!« Noch einen anmutigen Knicks vor der Alten, und schon war sie draußen und machte mit den kleinen Händen eine Schwimmbewegung in die Luft.

Die Alte war mit hinausgelaufen; aber sie sah ihr Spiel verloren. »Nur um's Himmels willen, Kind! Sie wollen doch heut nicht aus dem Floß hinausschwimmen?«

»Und warum nicht, Kathi? Du weißt ja, ich versteh's! Und ich sag dir, es wird 'ne Lust!

Der Fisch und der Vogel

Der Wind und die Wellen

Sind alle meine Spielgesellen!«

Und singend schritt sie über das grüne Vorland zum Ufer hinab, den schönen Kopf dem Winde zugewandt; über den nackten Füßchen flatterte das leichte Sommerkleid.

Kopfschüttelnd ging die Alte in ihren Schuppen zurück. Strümpfe und Schühchen ihres Lieblings, die diese allerdings vor der Ruhebank hatte liegenlassen, legte sie fein beiseit; dann goß sie aus einem Kruge Wasser in einen kleinen Blechkessel und zündete die Spritmaschine an. »Das Kind wird heute auch wohl eine Tasse nehmen«, sagte sie, indem sie eins der braunen Kännchen von dem Regal herabnahm und den Inhalt des Kaffeedütchens in den daraufgesetzten Trichter leerte.

Aber es ließ ihr doch keine Ruhe; ihr war wie der Henne, die einen Wasservogel ausgebrütet hat. Ein paarmal hatte sie schon den Kopf zur Tür hinausgesteckt; jetzt lief sie vollends an den Strand hinab. Der Steg zum Badefloß war völlig überschwemmt, so daß das schaukelnde Bretterhaus ohne alle Verbindung mit dem Lande schien. Weithin dehnte sich die grüne, wogende Wasserfläche; das jenseitige Vorland war so weit überflutet, daß ihre Augen nur noch undeutlich dort den grünen Ufersaum erkennen konnten. »Frölen!« rief sie; »Frölen!«

Es kam keine Antwort, der Wind hatte vielleicht ihren Ruf verweht; aber ein Plätschern scholl jetzt aus dem Floß herauf. Und zufrieden nickend, trabte die Alte wieder in ihren Schuppen.

Drüben auf dem ersten Floß in dem gemeinsamen Ankleideraum hatten indes die jungen Männer auch geplaudert. Der größere mit dem braunen Lockenkopf war ein junger Bildhauer und erst vor einem Vierteljahre aus Italien und Griechenland in die norddeutsche Hauptstadt, seinen Geburtsort, zurückgekehrt; vor einigen Tagen war er noch eine Strecke weiter nördlich, in diese Küstenstadt, gegangen, um endlich den Freund wiederzusehen, mit dem er während beider Studienzeit im südlichen Deutschland im innigsten Verkehr gelebt hatte. Die Tage ihres jetzigen Beisammenseins hatten noch lange nicht gereicht, die Fülle der Erlebnisse zu erschöpfen, die es sie beide drängte, einander mitzuteilen.

»Und du willst wirklich schon heute abend wieder fort und mich in meinem Aktenstaub allein lassen, nachdem du diese Fülle der Gesichte vor mir heraufbeschworen hast?«

Halb lächelnd, halb sinnend blickte der junge Künstler auf den Freund. »Warum griffest du nicht selbst zu Meißel oder Pinsel? Jetzt nimm es als dein Schicksal und trag es, wie dein Stammbaum dich!«

»Aber das ist kein Grund, mich heut schon zu verlassen!«

»Ich muß, Ernst! Ich habe meiner Mutter versprochen, spätestens morgen wieder bei ihr zu sein; und überdies du weißt ja, meine Brunhild beunruhigt mich.« Er fuhr mit der Hand durch seine braunen Locken, und über den grauen, hellblickenden Augen faltete sich seine Stirn wie in beginnender geistiger Arbeit.

»Brunhild!« wiederholte der andere, »ich begreife doch noch immer nicht, wie du gerade an die geraten bist!«

»Du meinst, was ist mir Hekuba? Ich weiß es nicht; einmal, in einer Stunde, hatte sie, wie ich glaubte, es mir angetan; aber –«

»Aber«, unterbrach ihn sein Freund, »du wirst einen Kommentar in den Sockel deiner Statue einmeißeln müssen! Warum in so entlegene Zeiten greifen? Als wenn nicht jede Gegenwart ihren eigenen Reichtum hätte!«

»Warum? Erneste! Du sprichst ja fast wie, ich weiß nicht, welcher große Kritikus über Immermanns ›Tristan und Isolde‹. Was geht den Künstler die Zeit, ja was geht der Stoff ihn an? Freilich, aus dem Himmel, der über uns Lebenden ist, muß der zündende Blitz fallen; aber was er beleuchtet, das wird lebendig für den, der sehen kann, und läge es versteinert in dem tiefsten Grabe der Vergangenheit.«

Wie drüben die Augen des schönen Mädchens in ihrer kindlichen Liebe, so glänzten jetzt die Augen des jungen Künstlers in Begeisterung.

»Wir wollen heut nicht streiten«, sagte der andere und blickte herzlich zu ihm auf; »aber wann leuchtet dieser Blitz?«

»Sei nur fromm und ehre die Götter! Es gilt dann nur, das neuerwachte Leben in das Licht des Tages hinaufzuschaffen, und ich dächte, auch du hättest mir es zugegeben, daß ein paarmal schon meine Augen sehend und meine Hände stark und keusch genug gewesen sind. Aber das ist es eben«, fuhr er fort, während der Freund ihm seinen stolzen Glauben durch einen Händedruck bestätigte, »ich fürchte, ich habe dieses Mal nicht recht gesehen, oder ich war zu kurz in der Heimat; die furchtbare Walküre des Nordens verschwindet mir noch immer vor dem heiteren Gedränge der antiken Götterwelt; selbst aus diesen grünen Wellen der Nordsee taucht mir das Bild der Leukothea empor, der rettenden Freundin des Odysseus. Laß mich jetzt ich tauge dir doch nicht mehr!«

Sie hatten während dieses Gespräches ihre Kleider abgeworfen und traten nun auf die offene Galerie hinaus, bereit, sich in das Meer zu stürzen.

Man hätte wünschen mögen, daß nicht eben der Künstler der noch Schönere von ihnen gewesen wäre, oder lieber noch, daß außer ihnen noch ein anderes Künstlerauge hätte zugegen sein können, um sich zu künftigen Werken an der Schönheit dieser jugendlichen Gestalten zu ersättigen.

Noch standen sie gefesselt von dem Anblick der bewegten Wasserfläche, die sich weithin vor ihnen ausdehnte. Rastlos und unablässig rollten die Wellen über die Tiefe, wurden flüchtig vom Sonnenstrahl durchleuchtet und verschäumten dann, und andere rollten nach. Die Luft tönte von Sturmeshauch und Meeresrauschen; zuweilen schrillte dazwischen noch der Schrei eines vorüberschießenden Wasservogels. Eine starke Woge zerschellte eben an dem Gerüst, worauf die jungen Männer standen, und übersprühte sie mit ihrem Schaum.

»Holla, sie werden ungeduldig!« rief der junge Aktenmann. »Komm jetzt, und wie Tritonen wollen wir durch den grünen Kristall hindurchschießen!«

Aber sein Freund, der Künstler, blickte in die Ferne und schien ihn nicht zu hören.

»Was hast du, Franz?«

»Dort! Vom Frauenfloß her! Sieh doch!« Und er wies mit ausgestrecktem Arm auf die schäumende Wasserfläche hinaus.

Der andre stieß einen Laut des Schreckens aus. »Ein Weib! Ein Kind!«

»So scheint es; aber keine Okeanide!«

»Nein, nein; sie kämpft vergebens mit den Wellen. Und das meerbesänftigende Muschelhorn hat leider ja nur der alte Vater Triton!«

Er machte Miene, sich hineinzustürzen, aber mit rascher Hand hielt ihn sein Freund zurück. »Du nicht, Ernst! Du weißt, ich bin der bessere Schwimmer, und einer ist genug. Lauf zu der alten Badehexe dort am Schuppen und sag ihr, was zu sagen ist!«

Kaum war das letzte flüchtige Wort gesprochen, so spritzten auch schon die Wasser hoch empor, und bald, auf Armeslänge von dem Floß, tauchte der braune Lockenkopf des Schwimmers auf. Mit den kräftigen Armen die Wellen teilend, flog er dahin; überall vor seinen Augen flirrte und sprühte es; aber je nach ein paar Schlägen stieg er mit der Brust über die Flut empor, und seine hellen Blicke flogen über die schäumenden Wasser.

Noch fern von ihm spielten die Wellen mit schönen sonnenblonden Haaren; zwei kleine Hände griffen noch mitunter durch den beweglichen Kristall, aber auch mit ihnen spielten schon die Wellen. Eine Seeschwalbe tauchte dicht daneben in die Flut, erhob sich wieder und schoß, wie höhnend ihren rauhen Schrei ausstoßend, seitwärts vor dem Wind über die Wasserfläche dahin.

Die alte Frau Kathi war vor ihrer brodelnden Kaffeemaschine doch auch wieder von ihrer Unruhe befallen worden. Der Sturm rüttelte an den Brettern ihres Schuppens, dann und wann schlug von draußen aus der Luft ein verwehter Vogelschrei herein; es litt sie nicht mehr auf ihrem Holzstuhle. Sie war wieder hinausgegangen, ja sie hatte ebenfalls ihr Schuhzeug abgetan, um zum Floß hinüberzuwaten, und stand jetzt dort, mit ihrer harten

Hand bald an diese, bald an jene Badezelle pochend. »Frölen, ach liebes Frölen, so antworten Sie mir doch!«

Aber es kam keine Antwort; nicht einmal ein Plätschern ließ sich drinnen hören; nur das Rauschen und Klatschen der Wellen zog eintönig, unablässig ihrem Ohr vorüber.

Als sie ratlos nach dem Land zurückblickte, sah sie einen Mann auf ihren Schuppen zulaufen, und gleich darauf hörte sie ihn rufen. »Frau Kathi! Frau Kathi Wulff!« rief er durch den Wind hindurch.

»Hier! Um Gottes willen, hier!« Und eilig watete die Alte über den schaukelnden Steg ans Land zurück. »Oh, mein Gott, Herr Baron, Sie sind es! Ach, das Kind, das Kind!«

Er faßte sie, ohne etwas zu sagen, an den Armen, drehte sie mit einem kräftigen Ruck herum und wies mit der Hand auf die offene Wasserfläche hinaus.

»Ist das der andere Herr? Sucht er das Kind?«

Der junge Mann nickte.

»Allbarmherziger Gott! Man soll nicht räsonieren! Ich räsonierte, Herr Baron, als ich vorhin Sie beide da auf dem Deich herauskommen sah! Man soll nicht räsonieren; nein, niemals, niemals!«

Der Baron antwortete nicht; er sah mit gespannten Augen auf die Flut hinaus. Ein paar Augenblicke noch weit von draußen her ließ sich der dumpfe Donner der offenen See vernehmen –, und er packte wieder den Arm der Alten: »Jetzt, Frau Kathi, da sehen Sie hin! Nun sucht er sie nicht mehr; er trägt sie schon in seinen Armen.«

Die Alte stieß einen lauten Schrei aus.

Da tauchte die Gestalt des Schwimmers mit der breiten Brust aus den schäumenden Wogen auf, und bald darauf sah man ihn langsam, aber sicher an dem abschüssigen Ufer emporsteigen. In seinen Armen, an seiner Brust ruhte ein junger Körper, gleich weit entfernt von der Fülle des Weibes wie von der Hagerkeit des Kindes; ein Bild der Psyche, wenn es jemals eins gegeben hatte. Aber der kleine Kopf war zurückgesunken; leblos hing der eine Arm herab. Aus der Mittagshöhe des Himmels fiel der volle Sonnenschein auf die beiden schimmernden Gestalten.

»Wie in den Tagen der Götter!« murmelte der junge Mann, der atemlos diesem Vorgange zugesehen hatte. »Aber jetzt, Frau Kathi, an den Strand hinab! Nehmen Sie das Kind in Empfang; ich laufe zur Stadt und bringe einen Arzt; er könnte nötig sein!«

Noch eine kurze, eindringliche Anweisung über die zunächst von der Alten vorzunehmenden Dinge, dann eilte er fort; nicht einmal den Namen des Mädchens hatte er erfahren.

Einige Minuten später lag drinnen im Schuppen die zarte Gestalt in ihrer ganzen Hülflosigkeit auf dem Ruhebette, bis zur Brust von dem roten Umschlagetuch der Alten zugedeckt. Zitternd, ihr lautes Schluchzen gewaltsam niederkämpfend, stand diese vor ihr; sie hatte eben ein Leintuch genommen und schickte sich an, mit dem jungen Körper alles vorzunehmen, was ihr von dem einen wie dann auch von dem andern der beiden Männer eingeschärft worden war. Nur noch einmal bückte sie sich, um ihrem Liebling ins Gesicht zu sehen.

»Kathi!«

Die jungen Lippen hatten es gerufen, und die jungen Augen blickten sie voll und lebenskräftig an. »Kathi, ich bin ja nicht ertrunken!«

Die Alte stürzte vor ihr nieder und bedeckte unter hervorströmenden Tränen die Hände, die Brust, die Wangen des Kindes mit ihren Küssen. »Ach Frölen, Herzenskindchen, was haben Sie uns für Angst gemacht! Wenn nun der liebe junge Herr nicht gewesen wäre! Und ich räsonierte, ich alte Einfalt, als ich ihn auf dem Deich herauskommen sah!«

Das Mädchen streckte mit einer jähen Bewegung ihr die Hand entgegen. »Um Gottes willen, Kathi, schweig! Ich will seinen Namen nicht wissen, nie!«

»Frölen, ich weiß ihn ja selber nicht; ich hab den jungen Herrn ja nimmer noch gesehen; er muß wohl nicht von hier sein.«

Die junge Gestalt richtete sich auf und starrte düster vor sich hin, indem sie den Kopf in ihre Hand stützte. »Kathi«, sagte sie, »Kathi ich wollte, er wäre tot.«

»Kind, Kind!« rief die Alte, »versündige dich nicht! Ach, Frölen, der gute junge Mann; er hat ja doch auch sein Leben um Sie gewagt!«

»Sein Leben! Wirklich, sein Leben? Ach, ich habe nicht daran gedacht!«

»Nun, Frölen, hätten Sie nicht beide da versinken können?«

»Beide! Wir beide!« Und sie schloß wie im Traum die Augen; aber dennoch sah sie ein schönes blasses Jünglingsantlitz, das in Angst und Zärtlichkeit auf sie herniederblickte.

Die Alte hatte wieder das Tuch genommen und begann ihr das lange feuchte Haar zu trocknen; mitunter strich sie leise mit ihrer harten Hand über die weiße Stirn des Mädchens.

»Kathi«, begann diese wieder, »nein, nicht er, aber ich! Oh, meine arme Mutter!« Und dabei drängte sich eine Träne nach der anderen durch die geschlossenen Wimpern. »Kathi! Ich kann ihm nicht danken! Nie, niemals! Oh, wie unglücklich bin ich!«

»Nun«, meinte Kathi begütigend, »Sie brauchen das ja auch nicht zu tun, Frölen; Mama wird das ja alles schon besorgen.«

»Mama!« rief das Mädchen.

»Mein Gott, Frölen, hat Sie das erschreckt?«

Aber das Kind saß da, die nackten Arme vor sich hingestreckt, in ihrer hülflosen Schönheit selbst für die Augen des armen alten Weibes ein bezaubernder Anblick. »Mama!« rief sie abermals. »Ja, ja, Kathi, die würde es tun; und wenn ich sie noch so viel bäte, sie würde es dennoch tun. Kathi, sie darf es nie erfahren; versprich es mir, schwöre es mir, Kathi!« Sie hatte die Arme um den Hals der alten Frau gelegt, die neben ihr niedergekniet war.

»Ja, ja, Frölen, wenn Sie nur ruhig werden, ich will schweigen wie das Grab.«

»Nein, Kathi, schwöre es mir ordentlich! Sage: Bei Gott! daß du schweigen willst!«

»Nun, Frölen: bei Gott! Es hätt's auch ohne dies getan.«

»Ich danke dir, alte Kathi! Aber es war noch einer da. War es nicht –?«

»Ja, Frölen, es war –«

»Nein, nein, nicht seinen Namen, Kathi!« Und sie verschloß den Mund der Alten mit ihrer kleinen kalten Hand. »Sage nur, hat er mich erkannt, kann er mich erkannt haben?«

»Ich glaube nicht, Frölen. Als Sie auf den Deich gegangen kamen, war er mit dem andern drüben auf dem Floß. Nachher war er zu weit entfernt; auch ist er gleich zur Stadt zurückgegangen.«

Das Mädchen nickte und legte sich, wie um auszuruhen, auf das harte Kissen der Ruhebank zurück, die Hände hinten um den Kopf gefaltet.

Die Alte war aufgestanden. »Ich komme gleich zurück«, sagte sie; »ich geh nur, um dem anderen Herrn zu sagen, daß das Frölen munter ist und daß wir keinen Doktor brauchen.«

»Aber vergiß nicht, Kathi!«

»Nicht doch, Frölen; ich hab es ja geschworen.«

Als die Alte nach einiger Zeit zurückkam, fand sie ihren jungen Gast schon völlig angekleidet, eben damit beschäftigt, ein weißes Schnupftuch sich um den Kopf zu knoten. Aber die gute Alte ließ sie so nicht fort; der Kaffee war ja noch heiß, und das Kind, da es so fror, ließ sich eine Tasse schon gefallen. »Und nun«, sagte die Alte, »wenn Frölen warten wollen, können wir gleich zusammen gehen.«

Aber das Frölen wollte nicht auf dem graden Wege nach der Stadt zurück; das Frölen wollte den weiten Umweg durch den Koog machen. Die Alte meinte zwar: »Um Gottes willen, Kind, wenn Sie so bange sind, vor dem jungen Herrn er wird gleich von dem Floß herauskommen; wir warten nur ein Weilchen, dann ist er lange vor uns schon zur Stadt!«

Aber das Frölen wollte doch nicht.

»Nun«, sagte die Alte, »so geh ich mit Ihnen; bei mir zu Haus wartet keiner als mein Hinz, und der wartet auch nicht, der schläft unterm Kachelofen; Sie können da nicht allein gehen, über all die Stege und durch all das Viehzeug hindurch.«

Aber das Frölen wollte auch das nicht; sie wollte eben ganz allein gehen. »Kathi, alte Kathi!« sagte sie und streichelte mit ihrer kleinen Hand die runzeligen Wangen der alten Frau; »die Küh' und Ochsen tun mir nichts. Siehst du, ich bin ja ganz in Weiß; kein Läppchen Rot an mir!« Und sie schlug mit beiden Händen das luftige Sommerkleid zurück. »Da ist ja festes Land; ich laufe rasch hindurch; dann schlüpf ich hinten in unseren Garten, und siehst du, niemand hat mich gesehen, als du, alte Kathi; und du du hast geschworen!«

Die Alte schüttelte den Kopf. Aber schon war sie zur Tür hinaus, und wie ein scheuer Vogel flog sie die Grasdecke des Deiches hinan und ebenso an der Binnenseite wieder hinunter. Einen Augenblick stand sie still, als sei sie hier geborgen; aber der alte Mutwille, der der Alten gegenüber noch eben auf ihrem Antlitz gespielt hatte, war ganz verschwunden. Als das sinnende Köpfchen sich von der Brust emporhob, blickten die großen Augen fast mehr als ernst über die grüne Marschniederung, die sich unabsehbar ihr zur Seite dehnte. Es war nicht viel zu sehen dort; zwischen den blinkenden Wassergräben, die auf eine Strecke hinaus ihrem Auge sichtbar blieben, ragte nichts aus der ungeheuren Fläche, als die zerstreut auf ihr weidenden Rinder und die niedrigen Heckpforten, welche von einer Fenne zu der andern führten; sie kannte das alles, sie hatte es oft gesehen. Und jetzt ging sie, die Stadt im Rücken lassend, auf dem schmalen Wege weiter, der zwischen den zu ihrer Rechten sich hinziehenden Gräben und dem hohen Deiche entlangführte. Da der Wind aus Nordwest kam, so war sie demselben hier noch mehr als an der Seeseite des Deiches ausgesetzt. Einmal wurde der Strohhut, den sie auch jetzt in der Hand trug, ihr entrissen und gegen den Deich geschleudert; ein paarmal mußte sie stehenbleiben, um das flatternde Tuch sich fester unter das Kinn zu knüpfen. Dann blickte sie ängstlich hinter sich zurück, aber kein Mensch war zu sehen; nur ihr zu Häupten schoß mitunter ein Strandvogel von draußen in das Land hinein, oder ein Kiebitz flog schreiend aus dem Kooge auf.

Und jetzt legte sich ein dunkles Wasser vor ihren Weg; vor Hunderten von Jahren hatte die Flut den Deich durchbrochen und hier sich eingewühlt. Aber der Deich, wie er gegenwärtig lag, war vor dem Rand der Wehle zurückgetreten; das Wasser spritzte auf den Weg, als das Mädchen daran vorübereilte; zwei graue Tauchenten, die inmitten der schwarzen Tiefe sich auf den Wellen schaukeln ließen, verschwanden lautlos unter der Oberfläche.

Hinter der Wehle machte der Deich gegen Westen einen Bogen, und bald führte von hier aus ein schmaler grasbewachsener Weg zwischen Gräben in den Koog hinein. Als das Mädchen das Ende desselben erreicht hatte, von wo aus es nur noch von Heck zu Heck über die Fennen zur Stadt hinaufging, gewahrte sie unten am Ausgang des Deiches die Gestalt eines Mannes; fern, fast nur wie einen Schatten.

Wie von einem jähen Schreck fuhr sie zusammen; ihr Fuß, der schon den Brettersteg am Heck betreten hatte, zuckte zurück, während ihre Arme wie zum Halt sich um den Heckpfahl schlangen. Gleich einem vom Sturm geworfenen Vogel hing sie an dem morschen Holze; ihre Lippen waren regungslos geöffnet, nur ihre dunklen Augen waren lebendig, sie folgten wie gebannt dem fernen Schatten, wie er mehr und mehr auf dem Hintergrunde der Stadt verschwand. Einen Laut, so leise wie das Springen einer Knospe, verwehte der Wind von den jungen Lippen in die leere Luft; dann schwang sie sich über den Steg und ging wie träumend weiter. Mitunter kamen die Rinder erhobenen Schweifes auf sie zugerannt; aber sie sah es nicht, und die Tiere standen und glotzten sie mit ihren dummen Augen an, bis sie vorüber war.

Drüben auf dem Deiche stand, unbeachtet von den jungen Augen, noch eine andere Gestalt und hob sich wie eine riesige Silhouette von dem hellen Mittagshimmel ab; es war eine weibliche, die nach oben zu in einem ungeheuren Hute abschloß, wie ihn die Damenwelt vor etwa dreißig Jahren trug.

Dieser Hut stand so lange am Himmel, bis drunten aus dem Kooge das weiße Kleid verschwunden war.

Es war inzwischen Winter geworden. Der erste Streifen des Dezember-Morgenrotes stand am Himmel und warf seinen Schein in die Dämmerung einer Künstlerwerkstatt. Abgüsse antiker Bilderwerke und einzelne Modelle von des Künstlers eigener Hand standen überall umher; an der einen Wand hingen Reliefstücke eines Bacchuszuges, an der anderen von den inneren Friesen des Parthenon; aber alles warf noch tiefe Schatten, nur einem Flöte spielenden Faun waren von dem jungen Licht des Morgens die Wangen rosig angehaucht. In der Ecke rechts vom Eingange ragte, aus dunklem Ton geformt, die übermenschliche Gestalt einer nordischen Walküre aus der dort noch herrschenden Dämmerung hervor; aber nur der obere Teil mit dem einen Arm, den sie dräuend in die Luft erhob, war vollendet; nach unten zu war noch die ungestalte Masse des Tons, als wäre die Gestalt aus rauhem Fels emporgewachsen. Es mochte die furchtbare Brunhilde selber sein, die hier finsteren Auges auf die heiteren Griechenbilder herabsah.

Von draußen drehte sich ein Schlüssel in der Eingangstür. Der Künstler selbst war es, der jetzt in seine Werkstatt trat, ein schlanker, jugendlicher Mann mit grauen, hell blickenden Augen und dunklem Lockenkopf. Doch weder fremde, noch eigene Gebilde schienen heute seinen Blick zu reizen; achtlos ging er an ihnen vorüber und griff wie mit sehnsüchtiger Hast nach einem offenen Briefe, der auf der Scheibe eines Modellierblockes lag; dann warf er sich in einen danebenstehenden Sessel und begann zu lesen. Aber nur an einer bestimmten Stelle des Briefes, die er gestern schon mehr als einmal gelesen hatte, hafteten seine Augen.

»Du traust es mir wohl zu, Franz« so las er heute wieder –, »daß ich unseren beschworenen Vertrag gehalten habe. Weder einem profanen, noch einem heiligen Ohre habe ich Deine Tat verraten; gewissenhaft habe ich jede Begierde zur Nachforschung über Person und Namen Deiner Geretteten in mir ertötet; ja selbst, als eines Tages das Geheimnis mir so nahe schien, daß ich nur einen Gartenzaun auseinander zu biegen brauchte, bin ich, wenn auch zögernd, mit katonischer Strenge vorübergegangen. Auch auf der andern Seite ist alles stumm geblieben, und selbst unserer alten Badehexe muß durch irgendwelche Zauberkraft der Mund wie mit sieben Siegeln verschlossen sein. Und dennoch, ohne mein Zutun beginnt der Schleier sich vor mir zu heben.

Es gibt eine sehr junge Dame in unserer Stadt, kühn wie ein Knabe und zart wie ein Schmetterling. Obgleich sie erst mit den letzten Veilchen aus der Schulstube ans Tageslicht gekommen ist, so mag doch schon so mancher junge Gesell in schwüler Sommernacht davon geträumt haben, sie winters im geschlossenen Ballsaal an den Flügeln zu haschen; und ich will ehrlich sein und zürne mir nicht –, zu diesen kühnen Träumern habe auch ich gehört. Die alte Bürgermeisterin mir ist das zufällig zu Ohren gekommen –, die eine Art von Götzendienst mit diesem Kinde treibt, hatte mit vorausberechnender Kunst eine weiße Kamelie für sie gezogen, und das Glück war diesmal günstig gewesen, eben am Tage vor dem Balle war sie aufgeblüht. Aber weder die Kamelie, noch das blonde Götterkind selbst erschienen bei dem Feste; keine silbernen Füßchen berührten den Boden, nur die Alltagsmenschenkinder mit erhitzten Gesichtern flogen, keines Künstlerauges würdig, durcheinander.

Und so ist es fortgegangen. Auch auf dem gestrigen Balle blieb alles dunkel; nichts als der gewöhnliche Erdenstaub. Nur in den vertrautesten Kreisen, zu denen ich leider nicht gehöre, soll sie zu erblicken sein; ja schon seit dem Nachsommer soll sie das Haus und den Garten ihrer Mutter fast nicht mehr verlassen haben; auf dem Deiche und am Strande ist seit jenem Tage eine gewisse sehr jugendliche kühne Schwimmerin nicht wieder gesehen worden.

Geredet wird viel darüber. Einige meinen, sie sei schon in der Wiege irgendeinem in unbekannter Abwesenheit lebenden Vetter verlobt worden, der weder das Tanzen noch das Schwimmen leiden könne, und der nun plötzlich seine Rechte geltend mache; andere sagen einfach, sie sei verliebt. Nur für mich liegt alles in deutlicher Folge wie unter einem durchsichtigen Schleier.

Nein, nein; fürchte nicht, daß ich den Namen nenne! Ich kenne Dich ja. Der grelle Tag soll die Dämmerung Deiner Phantasie mit keinem Strahl durchbrechen; Deine leiblichen Augen sollen sie nie gesehen haben! So seid ihr beide sicher, Du in Deinem Künstlertum und sie in ihrer heiligen Jungfräulichkeit, die Du mir übrigens o rätselhafter Widerspruch des Menschenherzens! mit fast eigennützigem Eifer zu behüten scheinst.«

Er las nicht weiter; er hatte den Brief aus der Hand fallen lassen und stand jetzt, die Hände auf dem Rücken, vor dem düsteren Bilde seiner nordischen Walküre. Aber sie war ihm in diesem Augenblicke nichts als nur der Hintergrund, auf dem vor seinem inneren Auge ein anderes, lichtes Bild sich abhob. Langsam wandte er sich ab und trat ans Fenster.

Das Haus lag in einer der Vorstädte, welche die nordische Hauptstadt umgürten, und gewährte noch den freien Ausblick über Hecken und Felder, bis zum fernen Rand des Himmels, der jetzt ganz von leuchtendem Morgenrot überflutet war. Ein Schimmer des rosigen Lichtes lag auf dem Antlitze des jungen Künstlers selbst, der regungslos hinausschaute, als sähe er dort fern am Horizonte, was sich in seinem Inneren leis empordrängte und mehr und mehr Gestalt gewann. ›Arme Psyche!‹ sprach er bei sich selber; ›armer gaukelnder Schmetterling! Von der blumigen Wiese, die deine Heimat war, hattest du dich aufs fremde Meer hinausgewagt. Nein Franz!‹ und es war, als ob er tiefer ins Morgenrot hineinschaute ›betrüge dich nicht selbst; du täuschest es doch nicht mehr hinweg! Psyche, die knospende Mädchenrose, das schlummernde Geheimnis aller Schönheit, sie war es selbst. Wie gierig die Wellen nach ihr leckten! Wie sie mit den zarten Libellenflügeln spielten! War ich's denn wirklich, der auf diesen Armen sie emportrug?‹

Er war ins Zimmer zurückgetreten; unwillkürlich hatten seine Hände einen auf der Modellierscheibe liegenden Klumpen weichen Tons ergriffen; dann bald auch eins der Modellierhölzchen, die dicht daneben lagen.

›Wie erzählt nur Apulejus das anmutige Märchen? Psyche, das arme leichtgläubige Königskind, hatte den neidischen Schwestern ihr Ohr geliehen: ein Ungeheuer sei der Geliebte, der nur in purpurner Nacht bei ihr verweilen wolle. Nach dem Rate der Argen, mit brennender Lampe und mit scharfem Stahl bewehrt, war sie an das Lager des Schlafenden getreten und erkannte, bebend vor Entzücken, den schönsten aller Götter. Aber die Lampe schwankte in der kleinen Hand, ein Tropfen heißen Öls erweckte den Schlafenden, und zürnend entriß der Gott sich ihren schwachen Armen und hob sich in die Luft. Aus dem Wipfel einer Zypresse schalt er die törichte Geliebte; dann breitete er aufs neue die Schwingen aus und flog zu unsichtbaren Höhen. O süße Psyche! Als im leeren Luftraum dein Auge ihn verlor, da hörtest du die Wellen des nahen Stromes rauschen; da sprangst du auf und stürztest dich hinein; dein zartes Leben sollte untergehen in den kalten Wassern!

Doch der Gott des Stromes, fürchtend den mächtigeren Gott, der selbst das Meer erglühen macht, trug dich auf seinen Armen sanft empor und legte dich auf die blühenden Kräuter seines Ufers. Nahmen nicht oft die Götter die Gestalt der Menschen an? Vielleicht nahm er die meine, und mir träumte nur, ich sei es selbst gewesen. O süße Psyche, ich hätte dich an keinen Gott zurückgegeben!‹

Nur in seinem Innern, unhörbar hatte er alle diese Worte gesprochen. Draußen am Himmel war das Morgenrot verschwunden, und dem schönen Aufgang war ein grauer Tag gefolgt. Der Flöte spielende Faun, wie alles andere, stand jetzt im kalten Schein des Winterhimmels; nur auf dem Antlitz des Künstlers selber schien noch ein Abglanz des jungen Lichts zurückgeblieben. Aber aus dem bunten Szenenwechsel, der vor seinem inneren Auge vorbeigezogen war, sah ihn stumm und rührend, wie um Gestaltung flehend, das eine Bild nur an. Und seine Hände hatten nicht gerastet; schon war aus dem ungestalten Tonklumpen ein zarter Mädchenkopf erkennbar, schon sah man die geschlossenen Augen und die Wölbung des kleinen, leicht geöffneten Mundes.

Die Mittagshelle des Wintertages war heraufgezogen; da klopfte es von draußen mit leisem Finger an die Tür. Er merkte es nicht; Ohr und Auge waren versunken in die eigene Schöpfung, die er aus dem Chaos an das Licht emportrug. Da klopfte es noch einmal; dann aber wurde die Tür geöffnet.

Eine alte Frau war eingetreten. »Aber Franz, willst du denn gar kein Frühstück?«

»Mutter, du!« Er war aufgesprungen und hatte hastig ein neben ihm liegendes Tuch über das junge Werk geworfen.

»Soll ich's nicht sehen, Franz? Hast du ein neues Werk begonnen? Du bist ja sonst nicht so geheimnisvoll.«

»Ja, Mutter, und diesmal fühl ich's, ist's das rechte. Aber deshalb noch nicht sehen! Auch du nicht, meine liebe alte Mutter!«

Der Sohn hatte den Arm um sie gelegt. So führte er sie aus seiner Werkstatt, während sie zärtlich nickend zu ihm aufblickte, und bald traten die beiden in das freundliche Wohnzimmer, wo seit lange der Frühstückstisch für ihn bereitstand.

Es war Winter gewesen und Frühling geworden; aber auch der und der halbe Sommer waren schon dahingegangen; die Linden in der breiten Straße der Hauptstadt standen bestaubt, mit fast verdorrten Blättern. Statt der Natur, die hier so früh schon ihre Herrlichkeit zurücknahm, hatte die Kunst ihre Schätze ausgebreitet. Es war das Jahr der Kunstausstellung; die Tore des Akademiegebäudes hatten schon seit einigen Wochen dem Publikum offengestanden.

Unter den Werken der Bildhauerkunst war es besonders eine in halber Lebensgröße ausgeführte Marmorgruppe, welche die Teilnahme von alt und jung in Anspruch nahm. Ein junger, schilfbekränzter Stromgott, an abschüssigem Ufer emporsteigend, hielt eine entzückende Mädchengestalt auf seinen Armen. Trotz des zurückgesunkenen Hauptes und der geschlossenen Augenlider der letzteren sah man fast wie lauschend die Menschen an das Bild herantreten, als ob sie in jedem Augenblick den ersten neuerwachten Atemzug in der jungen Brust erwarten müßten. »Die Rettung der Psyche« war das Werk im Katalog bezeichnet.

Der Name des noch jungen Künstlers ging von Mund zu Mund; fortwährend war sein Werk von einer Menge von Bewunderern umdrängt; die Neugierigen, wo sie ihn erwischen konnten, plagten ihn auch wohl mit Fragen. »Nicht wahr, Verehrtester«, meinte ein alter Kunstmäzen, der vor dem Ausstellungsgebäude seinen Arm erhascht hatte und ihn nun innig festhielt, »das ist noch ein Motiv aus Ihrem römischen Aufenthalt? Wo haben Sie nur das allerliebste Köpfchen aufgefischt?«

Auf die erste Frage blieb der Künstler die Antwort schuldig; auf die zweite gab er bereitwillig Auskunft. »Ich liebe es, im Winter über Land zu schweifen; da sah ich eines Tages den Vorhang des Olympos wehen und war so glücklich, einen Blick hineinzutun.«

Der Alte sah ihn schelmisch an. »Sie wollen mir ausweichen. Nun es muß ein langer Blick gewesen sein!«

Der junge Künstler schüttelte den Kopf.

»Aber, Verehrtester, Sie schauen ja plötzlich ganz melancholisch drein!«

»Ich? Nun, vielleicht, Sie wissen wohl, man schaut nicht ungestraft ein Götterantlitz.«

»Ja, ja, Sie haben recht!« Und der Alte ließ sein Opfer für dieses Mal entwischen.

Wie es zu geschehen pflegt, nachdem die Bewunderung sich satt gesprochen, kam auch der Tadel dann zu Worte. Man fand das ganze zu wenig stilvoll, das Herabhängen des einen Armes der Psyche insbesondere zu naturalistisch.

»Aber, ihr Männer, könnt ihr denn gar nicht sehen?« rief eine muntere, hell blickende Dame, die im Angesichte des Kunstwerks eben mit solchen Bemerkungen unterhalten wurde; »dieser schöne Arm ist eine Reminiszenz! Glauben Sie mir, das da hat seine lebendige Geschichte, das Bildwerk ist ein Denkmal; vielleicht –«

»Auf dem Grabe einer Liebe?«

»Vielleicht! Wer weiß!«

»Oh, gnädige Frau, Sie wissen mehr; verraten Sie es nur!«

»Ich weiß nichts, und wenn ich wüßte, so etwas wird von keiner Frau verraten.«

»Aber da wären wir ja mit aller Kritik am Ende!«

»Ich dächte, ja!«

Noch andere Ohren hatten dies Gespräch gehört. Ein junger Maler, ein Freund des Künstlers, trat bald danach in dessen Werkstätte und erstattete getreulichen Bericht.

Der Bildhauer hatte auffallend schweigsam zugehört. Er lehnte mit dem Rücken gegen das Fenster, die Arme ineinandergeschränkt, gleich einem Mann, der seine Arbeit für getan hält. In der Ecke am Eingange stand, noch immer unvollendet, die dräuende Walküre, neben dem Bacchuszuge blies der Faun noch seine Flöte; die Morgensonne leuchtete hell herein, aber Spuren eines neuen Werkes waren nicht zu sehen.

»Willst du noch weiter hören, Franz?« fragte der Maler. »Es gibt des Unsinns noch einen ganzen Haufen mehr.«

Der andere bewegte leicht den Kopf.

»Nun also, zunächst! Warum ist dein bekränzter Stromgott, gleich der Psyche, so entzückend jung? Die Wirkung durch den Gegensatz wäre ja doch unendlich packender und das Gefühl des dezenten lieben Publikums zugleich so schön gesichert gewesen, wenn du statt dieser gefährlichen Jugend einen alten Stromian genommen hättest, so einen mit ellenlangem Schilfbart, in dem ein Dutzend Krebse und Garnelen auf und ab geklettert wären! Du siehst nun, Franz, du bist ein höchst kurzsichtiger und einfältiger Patron gewesen!«

Der Bildhauer antwortete auch jetzt nicht; aber er war leise in sich zusammengezuckt. An einen alten Stromgott hatte er weder bei der Entstehung noch bei der dann rasch erfolgten Ausführung seines Werkes gedacht; die jugendliche Gestalt desselben war ihm der gegebene Stoff gewesen.

»Und nun«, fuhr der Maler fort, »nun kommt der letzte Trumpf; der junge Stromgott sollst du selber sein! Nein, nicht du selber gerade; aber die Ähnlichkeit will man unverkennbar finden!«

»Was sagst du? Die Ähnlichkeit mit mir?« Die stumme Gestalt am Fenster war plötzlich lebendig geworden. Unruhig begann er in seiner Werkstatt auf und ab zu gehen; er bestritt es heftig, ja er suchte es Zug für Zug zu widerlegen.

Der Maler sah ihn fragend an. »Du scheinst dir das sehr zu Herzen zu nehmen.«

Der andere verstummte wieder.

Als gleich darauf das Dienstmädchen mit einer Bestellung hereinkam, fragte er sie hastig: »Sind keine Briefe für mich da?«

Aber der Postbote war noch nicht vorbeigekommen.

Der Maler, da nicht wie sonst ein Gespräch zwischen ihnen in Fluß kommen wollte, hatte sich bald entfernt. Der Zurückbleibende war ans Fenster getreten und blickte durch die Lücken der Bäume in das Feld hinaus. Es stand jetzt kein Wintermorgenrot am Horizont; der Himmel war eintönig weiß von der Mittagssonne des Nachsommers.

In seinen Gedanken wiederholte sich ein Gespräch, das er in den letzten Tagen mit seiner Mutter gehabt hatte. »Du solltest ein wenig reisen, Franz«, hatte sie gesagt; »du bist ermüdet von der angestrengten Arbeit.« »Ja, ja, Mutter«, hatte er erwidert, »es mag sein.« »Und daß du nach deiner Art mir jetzt nicht gleich was Neues anfängst!« »Meinst du! Aber mir ist im Gegenteil, es wäre das vielleicht das beste.« Fast ein wenig unwillig war die Mutter geworden. »Was redst du denn, Franz! Du widersprichst dir selbst.« »Sorge nicht, Mutter! ich kann nichts Neues machen.« Es war ein so seltsamer Ton gewesen, womit er das gesprochen; die kleine Frau hatte sich an seinen Arm gehangen: »Aber, mein Sohn, du suchst mir etwas zu verbergen!« Und liebevoll sich zu ihr niederbeugend, hatte er erwidert: »Für wen, als für dich, Mutter, habe ich zuerst das Tuch von meiner Psyche aufgehoben? Laß es auch hier noch eine kurze Zeit bedeckt, so lang nur, bis ich weiß, ob es Gestalt gewinnen kann. Wenn nicht —« Er hatte den Satz nicht ausgesprochen; aber die beiden Arme der Mutter hatten den großen Mann umfangen. »Vergiß es nicht, daß du noch immer unter meinem Herzen liegst!« Ein paar Tränen hatte sie sich abgetrocknet; dann aber hatten ihre Augen ganz mutig zu ihm aufgeblickt. »Aber du mußt dennoch reisen, Franz! Dein Freund da unten an der Nordsee, der paßt für dich und hat ein heiteres Gemüt; er hat dich ja schon wieder dringend eingeladen.«

Unbewußt hatte die Mutter ein erschütterndes Wort gesprochen; der Sohn hatte ihr nicht geantwortet, er hatte es vor plötzlichem gewaltigen Herzklopfen nicht gekonnt; aber noch am selben Abend war ein Brief nach der Küstenstadt der Nordsee abgegangen.

Die Antwort darauf konnte er heute schon erwarten. Und jetzt wurde wieder die Tür geöffnet. Da war der Brief. »Von Ernst!« Aus beklommener Brust hatte er es herausgestoßen; die Hülle flog zu Boden, und seine Augen verschlangen die vertraute Schrift des Freundes.

»Ich wußte wohl« so schrieb der junge Aktenmann »ich wußte wohl, daß Du mir kommen würdest. Seitdem Dein Marmorbild die Stille Deiner Werkstatt verlassen hat und aller Welt zur Schau steht, ist es nicht mehr *sie*; es ist, wie anderes, nur noch eine Schöpfung Deiner Kunst. Nun streckst Du nach der Lebendigen Deine Arme aus; der Verlauf ist so natürlich, daß jeder Arzt ihn Dir vorausgesagt hätte.

Ob Du unerkannt ihr würdest nahen können, ob die Gewalt der Wellen oder welche andre? ihr damals tief genug die hellen Augen geschlossen hat wer möchte das entscheiden! Glaub es immerhin! Ich rufe Dir Deinen eignen Wahlspruch zu: Sei nur fromm und ehre die Götter.

Dein Zimmer und Freundeshände sind für Dich bereit. Aber, Franz und jetzt höre mich ruhig an! –, Du weißt es wohl noch, denn Du hast ja auch Deinen Ovid gelesen irgendwo in der Welt, an der dreifachen Scheide von Erde, Luft und Wasser, steht auf einsamen Gipfel das eherne Haus der Fama; unzählbare Eingänge hat es, die tags und nächtens offenstehen; keine Ruh ist drinnen, in keinem Winkel ein Schweigen; wie ein Schwarm unsichtbarer Schlänglein läuft an den Decken der Säle das Gemurmel; ewig dröhnt es vom Geräusch aus- und einziehender Stimmen; kein noch so leises Flüstern, kein Seufzer einer Menschenbrust, und wenn aus tausend Meilen weiter Ferne, dessen letzter Hall hier nicht aufgefangen würde, den hier die tönenden Wände nicht hin und wider werfen und verdoppelt und verzehnfacht an das gierige Ohr der Welt hinaussenden.

Von dort muß es gekommen sein; denn die alte Bade-Kathi sieht mir nicht aus wie eine Schwätzerin. Aber sie wissen es, wissen es wirklich; sie reden davon, alle und überall; nur Deinen Namen vielleicht hat das Wellenrauschen ihn derzeit übertönt scheint das eherne Haus nicht mit hinabgesandt zu haben. Ich habe meine gerechte Schadenfreude, wie sie mit den Nasen in der Luft forschen, wie vor Gier ihre Ohren in den Urzustand zurückkehren und wieder beweglich werden und dennoch nichts erhaschen.

Aber hundert täppische und tückische Hände griffen nach Deinem schönen Schmetterling, um ihm den Schmelz von seinen Flügeln abzustreifen.

Da hat er sich denn einfach aufgeschwungen und ist davongeflogen; wohin, das hat auch mir die Fama bis jetzt noch nicht verraten wollen.«

Schon längere Zeit hatte die Mutter vor dem Lesenden gestanden und ihm in das erregte Angesicht geblickt. Jetzt wandte er ihr langsam seine Augen zu.

»Ich werde meine Psyche von der Ausstellung zurückziehen«, sagte er düster, »und dann, Mutter, reise ich; aber nicht nach der nordischen Küstenstadt.«

Der andre Tag war angebrochen.

Soviel stand fest, er wollte fort; er hatte das Bedürfnis, ganz mit sich allein zu sein; kein Sohn einer Mutter, kein Freund eines Freundes. Er dachte an den Spreewald mit seinem Netz von hundert stillen Wasserarmen, in dessen Schatten er sich einmal mit seinem Freunde, dem Maler, einen schönen Sommermonat lang verloren hatte. Auf einsamem Nachen unter überhängenden Erlen hinzufahren, zwischen flüsterndem Schilfrohr oder durch die breiten schwimmenden Blätter der Wasserlilie wie erquickende Kühle wehte es ihn an. Er ging rascher unter den bestaubten Linden der Hauptstadt dahin; er konnte morgen, ja schon heute abreisen. Nur noch einmal wollte er seine Psyche sehen und dann einem diensteifrigen Freunde alles übrige wegen Zurücknahme des Werkes übertragen.

Die Sonne stand noch schräg am Himmel. Die Säle des Akademiegebäudes waren zwar schon offen, aber die herkömmliche Stunde des Besuches war noch nicht gekommen. Nur in dem oberen Stockwerke, in welchem die Gemäldeausstellung ihren Platz hatte, standen einzelne Fremde hie und da vor einem Bilde; in den unteren Räumen, wo sich die Werke der Bildhauerkunst befanden, schien noch alles leer. Da sie gegen Westen lagen, auch ein paar Kastanienbäume unweit der Fenster ihre laubreichen Zweige ausbreiteten, so entbehrten sie noch des helleren Lichtes; es war noch etwas von der unberührten Morgenfrühe in diesen hohen Sälen, und die Marmorbilder standen da in einsamer Schönheit und wie in feierlichem Schweigen.

Und doch, auch hier mußte schon ein Besucher sich eingefunden haben; denn ein leiser, tastender Schritt war eben in dem letzten der drei Säle verschollen, als der junge Bildhauer die Tür des Eingangssaales hinter sich geschlossen hatte. Auch er trat, wenngleich sicher wie im eigenen Hause, so doch fast behutsam auf, als scheue er sich, den Widerhall zu wecken, der nur leicht in diesen Räumen schlief.

Im mittleren Saale blieb er vor einer Venus stehen, die aus einer eben geöffneten Muschel zum erstenmal in die Welt des Sonnenlichts hinauszublicken schien. Aber seine Augen lagen nur wie abwesend auf der üppigen Gestalt, die hier von sinnentrunkener Künstlerhand geschaffen war; er hätte wohl selber nicht zu sagen gewußt, weshalb er vor diesem ihm so fremden Bild verweilte. Sein eigenes Werk befand sich nebenan im letzten Saale; er war ja nur gekommen, um einmal noch zu prüfen, wieviel von seinem Geheimnis es ihm unbewußt verraten haben könne, vielleicht auch um in dem Marmorbild noch einen Abschied von der Lebenden zu nehmen. War es ihm doch plötzlich, als sei es in der lautlosen Stille dieser Hallen noch einmal wieder sein geworden, ja fast, als müsse er durch die offene Flügeltür das Atmen des schönen Steins vernehmen.

Da es war keine Täuschung schlug von dort ein leiser Klagelaut ihm an das Ohr; nur einmal, aber im freien Walde von einer verwundeten Hindin, meinte er solchen Ton gehört zu haben.

Rasch war er auf die Schwelle getreten; aber er kam nicht weiter. Dort an einer der großen Porphyrsäulen, welche hier die Decken der Säle tragen, lehnte ein Mädchen, noch immer eine Mädchenknospe, wie in sich zusammenbrechend, und starrte mit aufgerissenen

Augen seine Marmorgruppe an; ein kleiner Sonnenschirm, ein Sommerhut lagen am Boden neben ihr.

Nun wandte sie den Kopf, und ihre Augen trafen sich. Es war nur wie ein Blitz, der blendend zwischen ihnen aufgeleuchtet: aber das schöne, ihm zugewandte Mädchenantlitz war von einem Ausdruck des Entsetzens wie versteinert. Den schlanken Körper wie zur Flucht gebogen, und doch mit niederhängenden Armen, stand sie da; nur ihre Augen irrten jetzt umher, als ob sie einen Ausgang suchten.

Vergebens! Dort auf der Schwelle, die allein zur Freiheit führte, stand der schöne, furchtbare Mann, dem seit wie lange schon! selbst ihre Gedanken zu entfliehen strebten; zwar, wie sie selbst, noch immer unbeweglich; aber seine Arme waren nach ihr ausgestreckt.

Noch einmal wagte sie, ihn anzublicken; dann, wie ein ratloses Kind, vergrub sie das Gesicht in ihren Händen; all ihre Kühnheit hatte sie verlassen.

Und nur einen Augenblick noch schwankte das Zünglein der Waage zwischen Tod und Leben; aber dann nicht länger.

»Psyche! Süße, holde Psyche!« Seine Lippen stammelten; und an beiden Händen hielt er sie gefangen.

Sie bog den Kopf zurück, und wie zwei Sterne sah er ihre Augen untergehen. Er ließ sie nicht; in trunkenem Jubel hob er sie auf seine Arme; er bog den Mund zu ihrem kleinen Ohre nieder, und leise, aber mit einer Stimme, die vor Entzücken bebte, sprach er, was er einst nur fern von ihr gedacht: »Nun laß ich dich nicht mehr; ich gebe dich an keinen Gott heraus!«

Da regte auch der schöne Mund des Mädchens sich. »Sage: *nie*!« kam es wie ein Hauch zu ihm herauf; »sonst muß ich heute noch vor Scham erblinden!«

»Nie!« rief er laut; und wie Donner des Weltgeschickes hallte es von den Wänden des hohen Saales ihm zurück. »Nie, so lang ich hier im Lichte wandle!«

»Nein; sage: nie in alle Ewigkeit!«

»Nie in alle Ewigkeit! Auch drunten, unter den flüsternden Schatten will ich bei dir sein!«

Seine Augen ruhten auf dem süßen Antlitz, das sie noch immer mit geschlossenen Lidern ihm entgegenhielt. Nun aber schlug sie leise die Wimpern auf; erst noch ein wenig zögernd, dann immer vertrauender blickte sie ihn an, und immer sonniger wurde der Ausdruck ihres lieblichen Gesichtes.

Wie lange er sie so an seiner Brust gehalten? Wer könnte es sagen! Ein Vogel, der von draußen aus den Kastanienbäumen gegen die Fensterscheiben flog, brachte den ersten Laut der Außenwelt zu ihren Ohren.

Da ließ er sie sanft zu Boden gleiten; nur mit einem Arm noch hielt er die leichte Gestalt umfangen. »Aber du!« sagte er und es war, als wenn er plötzlich mit Erstaunen sie betrachte –, »du schöne Lebendige, wie bist du nur hieher geraten? Oder versteht vielleicht das Glück sich ganz von selbst?«

Sie wies mit scheuem Finger auf die Marmorgruppe und barg zugleich den Kopf an seiner Brust. »Das da«, sagte sie. »Sie sprachen davon, daß es das Lieblichste von allem sei.« Und kaum hörbar, so daß er sich tief zu ihrem Munde neigte, setzte sie hinzu: »Ich mußte es allein sehen, ehe die andern mit mir kamen. Mich trieb eine Angst nein, frag mich nicht! Ich weiß nicht, was! Aber hier hab ich mich sehr gefürchtet.«

»Welche andern?« fragte er.

»Die mit mir hier sind: mein Oheim und meine Mutter. Ich war mit ihnen oben in den Gemäldesälen; ganz heimlich bin ich ihnen fortgelaufen.«

Dann plötzlich schoß es wie ein Blitz des alten Übermutes über das ein wenig blasse Antlitz. »Aber«, rief sie, »wie heißt du denn? Mein Gott, ich weiß nicht einmal deinen Namen!«

»Ja, rat einmal!«

Sie schüttelte das Köpfchen, daß die blonden Haare ihr in die Stirn fielen. »Nein, rate du zuerst!«

»Ich? Was soll ich raten?«

»Was du raten sollst? Als ob ich keinen Namen hätte!«

»Aber den kenne ich ja längst!« Er strich das seidene Haar ihr von der Stirn. »Sieh nur hin! Das bist du ja! Und glaub es nur, ich habe jeden Tag zu dir gesprochen in all der langen, langen Zeit.«

Von dunklem Purpur übergossen, schlang sie die Hände um seinen Hals und ließ ihn tief in ihre Augen blicken. »Oh, welch ein Glück, daß du der Künstler bist!«

Mit beiden Armen umfaßte er die Geliebte und küßte zum ersten Male den jungfräulichen Mund. Dann aber flüsterten sie sich ihre Namen zu, ganz leise, als seien es Geheimnisse, die selbst die steinernen Gestalten um sie her nicht wissen dürften; und als sie seinen Namen hörte, rief sie: »Oh, wie schön! Du konntest gar nicht anders heißen!« Er aber blickte ganz träumerisch auf sie nieder; er konnte es nicht verstehen, daß sie »Maria« heiße.

Sie lachte, als er ihr das sagte, und flüsterte ihm zu: »Die alte Bürgermeisterin sagt es auch, ich sei verkehrt getauft.«

»Getauft!« wiederholte er fast staunend. »Wie seltsam doch, daß du getauft bist!«

Einen Augenblick sah sie ihn fragend an; dann wie zwei glückliche Kinder, lachten beide miteinander.

Aber sie waren hier nicht mehr allein. Vom Eingange her nahten sich Schritte, und im mittleren Saale wurde eine noch immer schöne Frau am Arme eines älteren Mannes sichtbar.

»Dein Töchterchen«, sagte dieser, nicht ohne einen Ausdruck von Besorgnis, »scheint doch nicht hier zu sein.«

Die Frau an seinem Arme lächelte. »Du mußt dich schon daran gewöhnen, daß sie ihre eigenen Wege geht; sie wird wohl oben noch von irgendeinem Bild gefangen sein. Aber die gerettete Psyche, wo ist denn die?«

Sie erhielt keine Antwort; denn in demselben Augenblick hing auch das Kind an ihrem Halse. »Hier ist sie, Mutter; deine Tochter ist es! Oh, seid beide gut und freundlich!« Die jungen Augen glänzten; über die geöffneten Lippen ging schwer der Atem aus und ein.

»Mein Kind, mein liebes Kind!«

Die Mutter wollte sie beruhigen; aber schon hatte sie in freudiger Hast deren beide Hände ergriffen und zog sie über die Schwelle in den letzten Saal, wo der Geliebte in stummer Erwartung neben seinem Werke stand.

Daheim in der Werkstatt des Künstlers ging derweile zwischen den Statuen und Modellen eine kleine alte Frau umher. Sie schien so recht nicht etwas vorzuhaben, trotz des Staubtuches in ihrer Hand, mit dem sie hie und da an den umherstehenden Dingen sich zu tun machte. Endlich hatte sie sich in den Sessel neben der Modellierscheibe niedergelassen, ein stiller Seufzer ging über ihre Lippen, ein Seufzer, daß doch die großen Kinder, ja auch die allerbesten, sich von dem Mutterherzen lösen. Sinnend blickte sie auf die leere Stelle, die noch vor kurzem das letzte Werk ihres Sohnes eingenommen hatte.

Da wurden Schritte und Stimmen auf dem Hausflur laut, und noch bevor sie aus ihren schweren Gedanken sich emporgearbeitet hatte, waren durch die geöffnete Tür zwei Paare zu ihr eingetreten. Das ältere war ihr gänzlich unbekannt, aber hinter diesem der junge Mann, an dessen Arm das schöne Mädchen hing so konnten ihre alten Augen sie nicht trügen –, das war denn doch ihr Sohn!

Voll Verwirrung war sie aufgestanden; aber schon hatten die jungen schönen Menschen sich ihr genähert und ihre Hand gefaßt. »Mutter«, sagte der Sohn, »hier hast du mein Geheimnis! Dies Kind behauptet zwar, daß sie Maria heiße; aber du siehst ja wohl, daß es die Psyche ist, die lebendige, meine Psyche, durch die nun ich und meine Werke leben werden!« Und sich freudig aufrichtend und drüben seinem unvollendeten Werke zunickend, setzte er hinzu: »Auch dich, Walküre, wird sie aus deinem Bann erlösen!«

Die alte Frau aber hielt jetzt die Psyche an ihren beiden kleinen Händen; sie betrachtete sie aufmerksam, ja fast mit Staunen; aber immer inniger wurde dieser Blick, bis dann das ganz erschütterte Kind in ihren mütterlichen Armen lag.

Der junge Künstler stand wie träumend, das Haupt geneigt; ihm war, als höre er in weiter Ferne das Wellenrauschen der Nordsee. Und auch die Geliebte schien er mit sich dahin gezogen zu haben; denn aus ihren Tränen wandte sie plötzlich den Kopf zu ihm empor und sagte: »Aber du, die alte Bade-Kathi muß doch mit zu unserer Hochzeit!«

Da löste sich die Stille in ein heiteres Lachen des Glückes; ganz vernehmlich blies der Faun auf seiner Flöte, und am Himmel draußen stand in vollem Glanz die Sonne, noch immer die Sonne Homers, und beleuchtete wieder einmal ein junges aufblühendes Menschenschicksal.

Am andern Morgen aber flog mit dem ersten Bahnzuge, der nach Norden ging, ein kurzer jubelnder Brief nach der alten Stadt an der Meeresküste.